KB242048

혼자 가는 길

모아드림 | 21세기 | 기획시선 ㉖

혼자 가는 길

홍일표 시집

2001
모아드림

■ 自序

　두 번째 시집을 낸 지 6년만에 세 번째 시집을 묶어 세상에 내놓는다. 돌아보면 시와 함께 살아온 세월들이지만 좀더 치열하게 정진하지 못한, 그래서 헛헛하기만 한 심회를 감출 길이 없다. 그러나 고단하고 신산(辛酸)한 삶의 격랑을 헤쳐오면서 꼿꼿이 시의 길을 걷고자 애써온 날들이었다.

　어느덧 마흔의 중턱에 이르렀다. 부끄럽지 않은 시를 쓰기 위해 앞으로 더 많이 말을 아껴야 되겠다.

2001년 가을

홍일표

차 례

5부

제1부

갈치

예사 검법이 아니다
바다 속
물 흐르듯 휘두르는
저 날렵한 몸놀림
은빛을 번쩍이며
날아다니는
눈부신 보검

막장 같은 심해
오래, 오래 숨 막혀
몸을 비틀며 파도치다가
아예 은백의 한 자루 칼이 되어
쉭쉭 눈앞을 열어가는
그대

産苦

얼음 속에 갇힌 개울물
얼마나 힘을 주고 있는지
쩡, 쩡 얼음의 몸에 금이 간다
실핏줄 같은 금이 모여
막힌 길을 뚫는다
오랜 용틀임 끝에 송알송알
온몸으로 쏟아내는
맑은 물의 알

개울물이 가뿐하게 날아간다

回歸

폭포수를 이루는
소의 힘찬 오줌발
오래 머물던 집 한 채
미련 없이 벗어 던지고
철철철
퍼득이며 날아가는 물

질편히 땅을 적시며
소의 내장처럼 길고 긴 도랑을 따라 흐르다가
심심하면 훌쩍 하늘에 올라
한 잎 구름으로 누워 있거나
도른도른 냇가의 풀잎들과 소근거리거나
그도 아니면 성질 급한 소나기로
고층빌딩의 번질거리는 낯바닥을 사정없이 내리치거나
그렇게 한 세월
구비구비 흐르다가
느릿느릿 여물통 앞에서
다시 늙은 소의 몸통 속으로 흘러 들어가는
참 질긴 오줌발

투사

연신 뒷덜미를 잡혀 무릎이 꺾여도
거품 물고 달려오는 파도
백 년 전에도
천 년 전에도
그 몸짓 그대로
뭍을 넘보고
아무 것도 이룬 것 없이
바다를 차내고 길길이 뛰쳐나오는
청동의 투사
번번이 깨어져
잔 물고기떼로 재재거리며 흩어지지만
거듭, 거듭 무리를 모아 반역을 꿈꾸는
그대

그대의 傳言

1
고정관념의 암반을 깨며 반대쪽으로
장롱의 위치를 옮기려 하지만
이 악물고 버티는
비대한 관습의 중량,
장정들의 힘 앞에도 사뭇 고압적인
그대의 위엄

2
얼굴만 살짝 내밀고, 나무 깊숙이 박혀 있는 나사못의 저
항은
완강하다. 십자 드라이버로 힘주어 돌려보지만
암벽처럼 꼼짝도 않는다
머리끝이 팝콘처럼 뭉개지고,
나무의 흰 살이 조각조각 아카시아 꽃잎으로 흩어져도
나사못은 고정관념의 어금니만 악물고 있다
어쩌다 옹이가 빠진 원목, 동그랗게 뚫린 구멍으로
환히 열리는 무한천공. 깔깔거리며
흘러 들어오는 햇살
그 눈부신 힘으로 다시 장롱의 어깨를 잡는다

어렵게 고집을 꺾고 뒤뚱뒤뚱 자리를 옮기는 사이
육중한 관습의 엉덩이 밑에 깔려 있던
파리한 시간의 혼백들, 풀풀 날리어
내 고단한 발등에 말없이 얼굴을 부빈다

박힌 돌

제 몸통을 땅 속에 파묻고
머리만 살짝 내민 그대는
견고한 성벽을 주위에 둘러
천하무적, 누구도 대적할 수 없다
빈틈없는 방호벽 안에 숨어
손가락 하나 까딱하지 않고
고개 한 번 돌려보지도 않고
구르는 돌의 행보를 이야기한다
한 곳에 좌정하지 못 하는 세월과
고이 길들여지지 못 하는 수족을 묶어야
비로소 안도하는
박힌 돌의 가슴을 무엇으로 두드려야
열릴 것인가. 요지부동의 그대 곁에서
흐르던 물줄기가 뻣뻣하게 굳어지고,
펄럭이던 깃발과
여린 바람에도 가슴 설레던 풀잎들이
조용히 고개 숙여 입을 다문다
박힌 돌의 정수리에서 미끄러지는
한 줄기의 저녁 햇살, 치욕으로
끓어오르던 가슴에 붉은 두드러기가 항변처럼 돋아나고,

밤 깊은 하늘엔 잠들지 못 하는 별들만 남아
또록또록 눈을 빛내고 있다
사시사철 그대는 흐르는 냇물의
흰 발목을 움켜잡지만
그리하여 땅 속 깊이 무덤 같은 안가 한 채 마련하지만
구르는 돌은 제 온몸을 이리저리 부딪치며
동서남북 그대의 차가운 심장을 겨눈다

갯지렁이의 길

눈뜨면 다시 가야 한다
진창의 나날,
아무리 어두운 집도 굴뚝 하나씩은 갖고 있듯
그래도 숨구멍 하나는 마련해야지
날마다 굴뚝 밖으로 뱉어내는
검은 구름의 세월
쿨럭쿨럭 기침하는 집
밀물이 흔적 없이 지워버리는
갯지렁이의 집은 그렇게 날마다 사라지고,
온몸으로 갯벌을 밀면서
앞으로 앞으로 다시 기어간다
캄캄한 죽음의 뻘 속을 전심전력 알몸으로 통과한다
눈뜨면 다시 일으켜 세워야 하는 길
갯지렁이가 기어간 뻘밭에는
언제나 채찍 자국 같은 흉터
길게 남고,
그 뒤에 한 줄의 시 노을처럼 오래 빛난다

토말

더 이상 물러설 곳 없는
땅 끝
오냐, 오너라

벼랑 아래
파도의 머리채를 단숨에 휘감아 올리는
바람의 억센 손아귀
혹은 오래 숨죽이고 있다가
한 세상 너끈히 잡아채고
뒷발질하며 날아오르는 돌개바람

덩달아 솟구치는 온갖 잡것들아
어른어른 헛것들아
우수수 떨어져 시궁창에 머리 박을 것들아

여기는 더 이상 물러설 곳 없는
땅 끝
오냐, 어서 오너라

아직도

4월의 나뭇가지가
누렇게 바랜 고서 몇 잎
그대로 달고 있다
지난 가을의 철 지난 죽음
무슨 대단한 유산인 양 단단히 움켜쥐고
제 숨통을 틀어막고 있다

손 한 번 놓으면
줄줄이 풀리어
앞강 뒷강 벙싯거리며 출렁일 터인데
막힌 혈이 뚫리어
살구꽃 복사꽃 지천으로 흐드러질 터인데
나뭇가지 끝엔 아직도 천연덕스런
죽은 가을 한 잎

새벽의 독립국

뒤척이다 보면 어느덧 새벽 마당에 당도한다

마당가에는 나를 묶고 있던 무수한 길들
툭툭 끊어져
여기저기 널려 있다

흙탕물로 북적이는 잡념들
스스로 제 무게에 지쳐 가라앉고,
이슬방울처럼 비로소 나는 명료해진다

또록또록 빛나는
신생 독립국

이윽고, 보이지 않던 그대
어깨 너머 쓸쓸함 한 올까지 다 보인다

홍시

계동 언덕
감나무 가지 끝
술 취해
흥얼흥얼

12월 매운 숨결
아랑곳하지 않고
허공의 멱살을 놓지 않는다

지나는 바람도
아예 얼굴을 돌리는
고집불통의 주정꾼들

아직도
흥얼흥얼
저렇게 막무가내로 버티며
불끈불끈 움켜쥔 주먹

모두 머리 숙여
쉽게 마음 접은 지금

그 외로운 고집이
그 쓸쓸한 항변이
마음 환하게 밝히는
저물녘

바람이 읽고 있는 것은

바람은 바다의 껍질을 벗긴다
예리한 칼날에 돌돌 말아 올려지는
파도
해안가에 버려져 칭얼댄다
그러나 금방 다시 어미 품으로 달려가
재재거리며 숨어버린다
바람은 그것도 모르고,
바다의 껍질을 벗기려 전력을 다한다
마파람, 샛바람
심지어 태풍까지 달려들어
바다와 치열한 일전을 치른다
하지만 바다가 어디 그리 만만한 것이냐
쉽게 안을 허락하지 않는
저 난해한 바다의 몸
벗기고 벗겨도 그의 속살은 만져지지 않는다
환한 중심이 보이지 않는다
그러나 도수 높은 안경을 쓴 바람은
오늘도 쉼 없이 바다의 껍질을 벗긴다
한 장, 한 장 영원의 푸른 책갈피를 넘긴다

여름 풍경

달이 깨어진다
흩어져 날리는
노오란 꽃잎들
한순간 꽃대만 남아
혼자 걷는 들길
끊일 듯 끊일 듯 다시 이어져
어느덧 강둑에 이르러
늙은 미루나무 위에 오르다.
요란한 매미 소리로 뜨거워지는 저녁 노을
텃밭에서는 붉은 고추가 맹렬히 익어가고,
불로 불을 다스리는 청동의 팔뚝에선
실신한 여름이 굵은 땀방울로 떨어진다
다시 하루가 저물고
깨어진 달이 한 잎 한 잎
제 몸을 수습하여 부풀어오르는 밤
원시의 동굴 속에선 쿵쿵
푸른 심장이 뛰기 시작한다

文法

포충망을 빠져나가는
날렵한 잠자리떼
바람의 어깨에 살짝 몸을 실어
유유히 하늘을 날며
움직이지 않는 늙은 언어학자의 눈동자를 바라본다
계곡을 치달리던 물을 가두어
죽은 물고기를 잡아 올리는
가늘고 긴 손가락
토막 난 몸들이 몇 개의 우리 속으로 던져진다
그러나 문득 촘촘한 그물망을 빠져나가는
저 놈을 보아라
동사도 형용사도 아닌
저 기이한 낱말을 보아라
논리의 핀셋에 집히지 않고
늙은 언어학자의 돋보기 안경 너머로
줄달음치는 이단자
누가 반짝이며 흐르는 햇살의 흰 발목을
움켜잡을 것인가
누가 쉴새없이 연록의 이파리를 흔드는
바람의 잰 몸놀림을 막을 것인가

무기수

난데없이 실내로 날아든
벌 한 마리
앵앵거리며 유리창에 제 몸을 부딪쳐
막힌 길을 찾는다
날개 치며 찾을수록 더욱 캄캄해지는
눈앞의 길
어디일까
차가운 이성의 눈빛으로
유리창이 갈라놓은 안팎
오직 한쪽에만 매달려
밀어대는
일방의 힘
온몸으로 밀면 밀수록
빙벽은 더욱더 높아가고,
어디에서도 길은 보이지 않는다
까맣게 말라죽어
한 점 티끌로 뒹굴 때까지
마음 한 번 뒤집어
안팎을 하나로 꿰지 못하고,
벌은 끝끝내 무기수로 옥사한다

소요산 오르는 길

소요산 자재암에서 상백운대를 올라 보세요
오르는 길은 유난히 돌이 많지요
아내는 계곡 한가운데 버티고 있는 바위를 보며
고생 많이 한 여인 같다고 하네요
몸 전체가 얼룩덜룩 잔금 투성이네요
살아오는 동안 수심도 저리 많았을까요
몇 걸음 떨어진 곳엔 바위의 젊을 적 마음인 양
별꽃 송이송이 수줍게 피어 있고요
그 옆을 조심스레 스쳐가며
상백운대를 향해 올라 보세요
온통 자갈길이지요
팍팍한 슬픔이지요
쉽게 길을 허락하지 않는 산의 오만이 뾰족뾰족한 돌로
솟아있어요
그러나 걸어온 길은 짧고 상백운대 아직 아득하지요
걷고 또 걷고
설령 산꼭대기의 구름 한 점으로 덧없이 떠있다 하산한다
할지라도
오르고 또 올라야지요
숨이 찰 때마다

계곡에 뿌리내린 늙은 바위가 자꾸 등을 떠미는 까닭도
바로 그 때문이겠지요

제2부

까치집

사람들의 손이 닿지 않는 곳
그러나 결코 마을을 등지지 않는 곳
거기에 까치집은 있다
아카시아 나무 꼭대기에
외고집처럼 매달려 있는 둥지
풀덤불이나 바위틈
숨어서 아무데나 깃들지 않고,
암수의 까치가 번갈아 오르내리며
하늘과 땅 사이에 마련한
까마득한 높이의 경전

山寺

내 마음의 빈 가지에
소슬한 절 한 채 걸려 있네

처마 밑 코 꿰인 풍경(風磬)
날아가지 못하네
지느러미로 허공을 치며 아우성이네

노승은 멀리서 빙그레 웃고,
늙은 소나무는 가벼이 몸을 흔들어
가만가만 솔 향기를 털어내네
넘보던 참새떼들이 호르르 몰려와
그 향기 다 쪼아가네

어느덧 날은 저물어
노을 한 점
석불 눈가에 찔끔 묻어 있네

나를 호흡하는 저것은?

붉은 단풍숲이 슬며시 내 속으로 들어와
숨을 쉰다. 맑고 청아한 숨결이 들락날락 한다
새도 지저귀고
금란초, 노루귀, 쑥부쟁이, 얼음새꽃도 줄줄이 따라와
마음의 틈새마다 둥지를 튼다
문득 적막한 뜨락이 환하게 밝아오고,
누군가 나를 곱게 빗질하여
가벼이 들어 올린다. 둥둥 떠오르는
저녁 안개
울긋불긋 아물지 않은 골짜기의 깊은 상처를
온몸으로 어루만지며 속 깊이 스며든다
잡념처럼 북적이는 가랑잎을 거둬내면
산쪽풀 잎새마다 또록또록 반짝이는 숨결
생각의 밑둥에 고여 맑은 샘물로 찰랑이고,
청설모 눈 속을 흐르던 가을 하늘은
나뭇가지를 타고 조르르 흘러내린다

겨울 사과나무

꽝꽝 얼어붙은 하늘을 치받고 서 있는
과수원의 사과나무
무장 해제된 알몸뚱이 하나로 버티고 서서
용틀임을 하고 있다. 울퉁불퉁 상처 투성이의 근육을 꿈
틀거리며
떼지어 몰려오는 바람의 멱살을 잡아
내던지고 있다. 겁먹은 바람은 윙윙거리며 달아나고,
나무들은 산비탈에 호위병처럼 서서
마음 속 높은 봉우리 하나
지키고 있다. 용암의 몸부림으로 엄동의 채찍을 견디고,
혹한에 결박되지 않은
얼음 속의 물은 새살거리며 도랑을 흐른다
오랫동안 눈을 감고 있던 햇살들은
줄줄이 가늘고 고운 실을 풀어
허다한 상처를 감싸고,
거친 숨을 몰아쉬는
건장한 사과나무의 터지고 갈라진 몸뚱이에선
모락모락 김이 피어오른다
홀연 환하게 밝아오는
사과나무의 어두운 발 밑
과수원엔 온통
반란군의 함성이 뜨거운 불길로 일렁이고 있다

꽃사태

이건 보통 난코스가 아니다
가파른 경사를 타고 오르는
신열
온몸의 신경을 한곳에 모으고
줄기차게 꼭대기를 향해 치닫고 있다

정부군의 마지막 저항같이
시샘하던 추위는 맥없이 무너지고,
성냥골에 불 일듯
터지는 살갗

이윽고 나무들이 호된 몸살 끝에 폭발한다. 연달아
매화포가 터진다

가지, 가지마다 채찍 자국 선명한 살거죽을 비집고
와와 밀려나오는
저 어여쁜 꽃들의 함성

얼마나 오랫동안 견뎌온 날들인가
속내에 켜켜이 쌓여 있던 그리움들이

걷잡을 수 없는 폭죽으로
폭죽으로 터지면서
일제히 불타오르는 꽃나무
등성이, 등성이마다 흐르는
환한 웃음소리

수락산

눈 감고도 갈 수 있는
발에 익은 길이었다
한 순간, 그 길을 버리고
샛길로 빠졌다. 낯설고 낯선
등산객 하나 보이지 않는 곳, 수시로 다가드는
우려가 자꾸 몸을 뒤로 잡아끌었지만
무작정 앞을 향해 걸었다
잡목숲은 쉽게 길을 허락하지 않았다
계곡을 흐르는 물소리만
적막의 귀때기를 흔들며 동행하였다
아직 입을 열지 않은 진달래, 산수유는
제 생각에 골똘히 잠겨 있고,
채 녹지 않은 그늘쪽 눈은
철거되지 않은 외딴집같이
고집스레 홀로 늙어가고 있다
산 속으로 들어가면서 수락산은 차츰
표정을 바꾸어 갔다
완강하게 거부하던 산이,
적의의 몸짓으로 앞을 가로막던 잡목 가지들이
조금씩 길을 내어 주었다

갈수록 눈앞의 산은 깊이 감추고 있던 풍경들을
품안에서 하나씩 꺼내어
보여 주었다. 설레는 마음이 몸보다 먼저 정상을 향해 내
달렸다
아무도 밟지 않은 숲 속의 길 위로
원시의 햇살이 수줍게 내리고,
소나무의 잎은 더욱 푸르게 반짝였다
그 동안 하나의 길만 허락했던 수락산은
비의의 옷자락 걷어올리고
오래 숨겨 두었던 길 하나
비로소 내게 열어 주었다

낚시터 풍경

물의 열매를
툭,
따낸다
몸 속 깊이 감추어둔 어린 새끼였다
이맛살을 찌푸리며
재빨리 찢긴 상처를 봉합하는 수면
아무렇지도 않다는 듯
물은 짐짓 조용하지만
그렇게 말없이 오랜 세월 견뎌왔지만
옆에 서 있는 마른 갈대는
안다
강은 지금 늙은 어미처럼 숨죽여 흐느끼고 있다는 것을.
봄날의 반짝이는 물빛이 실은 낱낱이 눈물이라는 것을.

江

실타래 풀리듯
줄줄이 강물에 꽂히는 빗줄기
시작도 끝도 보이지 않는다
물의 기다란 몸이 물큰 만져진다
수시로 모양을 바꾸어
나타났다 사라지는
사라졌다 다시 나타나는
물의 긴 행로
나는 한 동이의 물주머니다
슬픈 씨방이다
한동안 사정없이 내리치던 빗줄기,
하류의 강물이 거칠게 꿈틀거린다
내 몸도 덩달아 뜨거워진다

지저귀는 나무

근린공원의 나무들이 지저귄다
무성한 초록의 모발 속
흰 꽁지는 보이지 않고, 5월의 나무들이,
앙증맞은 잎새들이 재재거리며 지저귄다
고개 들어 쳐다보아도
참새 한 마리 보이지 않지만
내 옆의 나무는 분명 참새이다
신들린 나무이다
가까이 다가가도 날아가지 않는
겁없는 새이다
일제히 새가 된 나무들
뾰족한 초록의 긴 부리를 곤두세워
저문 하늘을 향해 지저귀다가
새소리 잦아지는 자리마다
다시 우뚝우뚝 솟아올라
단꿈 언저리에 푸른 군복의 보초병처럼 서 있는 나무들
더 이상 지저귀지 않는
요지부동 말뚝이다
말라비틀어진 새의 혓바닥이다

모래풀

태안반도 신두리 모래땅에 사는
통보리사초
오직 모래뿐인
해안가 모래밭
거기 누가 살겠어요
오래 전 곡기를 끊은 모래알뿐인데요
그런데 거기에 통보리사초가 살지요
갈급할수록 뿌리는 더 깊어지는지
한팔 길이의 수직으로 뻗어 내려가는
가늘고 긴 뿌리
가만히 들여다보면 그것들은
모래알의 실핏줄이지요
모래와 모래를 이어주는 뜨거운 필라멘트이지요
아무 가진 것 없고 곡기마저 끊은
저 작고 가벼운 모래 알갱이들이 키우는
통보리사초
폐사지 깨어진 기왓장 틈새로 솟아오르는
개망초처럼
하늘로, 하늘로 온몸을 밀어 올리고 있지요

산행

산으로 들어간다
서걱이는 대숲의 푸른 목청들
햇볕 속에서 푸르르
묵은 잠을 털어내고,
벼랑 위에 간신히 둥지를 튼
암자 곁 가파른 등성이로
한 발 한 발 마음의 점을 찍는다
중턱을 넘어 위로 오를수록 산은
치렁치렁 몸에 달라붙어
숨찬 가슴 위로 철철 넘쳐 흐른다
내가 끝내 놓아버리지 못한 마음은
저 골짜기에 잠시 부려놓고,
다시 돌계단을 밟아 올라간다
마침내 정상에 우뚝 서니
이미 내 안에 가득한 산
한나절 기껏 도깨비 같은 산과 씨름하고
터벅터벅 하산하는 동안
산은 슬며시 내 속을 빠져나가고 있었다

바닥論

발은 바닥과 근친이다
모든 솟구치는 힘은
바닥에서 시작하여
바닥에서 끝난다
발은 항상 바닥을 안고 뛴다
표범도
야생 조류도
바닥을 놓지 않는다
아무리 높이 날아도
발은 바닥에 붙어 있다
떨어지지 않는다
萬有의 모태인 바닥,
누구도 벗어날 수 없는

그리운 물길 천 리

꼭 그렇게 일렬로 줄을 세워 놓아야
직성이 풀리는가
단합을 앞세워
꼭 그렇게 코뚜레를 뚫어
움켜쥐어야 하는가
한 치의 예외도 허용하지 못하는
사방 꽉 막힌 가슴
막무가내의 일방통행
길가에 도열한 나무들은
오늘도 묵묵부답, 독일 병정 같은 자세를
풀지 않는다
구비구비 흐르는 물처럼
질러갈 수도 때로는 돌아갈 수도 있을 터인데
웃으며 때로는 춤추며 갈 수도 있을 터인데
그의 길은
오직
하나
반듯한 직선의 길
차가운 주검의 길

삶

산으로 오르는 길이 질척거린다
바닥에는 길의 흉터인 발자국
무수히 찍혀있고,
발자국 안에는 눈이 남긴 하늘의 기억들이
흐린 표정으로 고여 있다
뭉개지고 이지러진 길바닥
망가질 대로 망가져
등이 휘어진 길이 비틀거린다
비틀거리며 간신히 중심을 잡지만
발자국 위에 또 발자국
그것들을 다 짊어지고 산으로 오르는 길
산으로 들어가 슬며시 꼬리를 감추고
사라지는 길

먼 풍경

꽃들의 숨결 붐비는
라일락 정원이네요

꽃들은 열심히
오래 지니고 있던 제 생각들을 풀어놓고 있구요

가 닿을 수 없는 아득함에
오늘도 그냥 날이 저무네요

저녁 햇살에
꽃들의 생각은 여전히 황금빛으로 찬란하구요

은행나무

다 아시겠지만 양평 용문사 앞에는
수령 천 년이 넘는 은행나무 한 그루 서 있지요
주위의 잡목들이 우러러보는
거목이지요
그런데 몇 걸음 뒤로 물러나서 보면
위풍당당한 검투사지요
동서남북 칼과 창을 휘둘러 적을 막아내는
일당백의 무사이지요
용문산의 우뚝 솟은 봉우리 앞에서도 무릎 꿇지 않는
저 불굴의 기백을 아시는지요
사납게 달려들던 바람도 나무의 위용에 질려
그만 슬그머니 꼬리를 내린다지요
가끔 세상 사는 것이 힘들어질 때
혹은 자신이 한없이 작아질 때
양평 용문사에 가서 은행나무를 만나세요
그 분이 괜찮다 괜찮다 하시며 껄걸 웃으시거나
은행잎 몇 장 내려보내 그대의 처진 어깨를 다독거릴 테
니까요
아니 바라보고만 있어도 덩달아 온몸에 푸른 힘이 솟을
테니까요

속리산을 오르며

가파른 능선, 5월은 한창 물이 오르고
이 선생, 최 선생은 어느새 저만치 앞질러 간다
사이는 자꾸 멀어지고
나는 허위허위 그들의 뒤를 좇지만
아무래도 역부족이다
땀은 비 오듯 하고
잠깐 숨을 돌리는 사이 얼굴에는 버석버석
소금 가루가 애잔하다
약이 다 된 시계 바늘처럼 허청허청 꽁무니에 매달려
올라간다
이건 아예 산악 전투, 속도전이다
앞질러 간 일행들을 탓하며
위만 쳐다보고 있던 눈을 돌려
좁은 산길 좌우를 바라본다
저 아래 경상북도 상주 들녘도 굽어본다
이 악물고 오직 꼭대기만 향해 치달리던 사이
놓쳐버린 풍경들이 하나 둘
내 안으로 걸어 들어와 오롯이 불을 밝힌다
숨 가쁘게 달려온 오늘까지
내가 미처 눈길을 돌리지 못한

삶의 미세한 부분, 부분들도 저러했으리라
한동안 바위 위에 주저앉아
가슴 가득 괴어 오는 회한을 되작이다가
벼랑에 핀 진달래에 취해
잠시 수로부인을 만나는 동안
저 위에서 거듭 나를 부르는 소리
자리를 털고 일어선다
나에게 슬몃슬몃 건너오던 풍경들
등뒤로 저만큼 물러서고,
삶은 다시 가파른 등성이로 나를 이끈다

제3부

산길

또 하나의 물의 형식을 본다
물을 닮은 물의 족속들
미꾸라지, 뱀, 오솔길
그들은 한결같이 물의 몸짓을 물려받았다
뻣뻣이 서 있던 나무 병정 수만 그루가
깃발도 방패도 다 놓아버리고
일제히 손을 들고 만 가을산
산봉우리 하나 점령하지 못한 빈 나무들 사이로
산허리를 통째로 휘감아 오르는 빛나는 길을 보아라
긴 오라 같은 길에 묶여 옴짝달싹 못하는 산을 보아라
아름다운 물의 치마끈,
길게 길게 풀리고 있다

모래, 모래알

무수한 生이 득시글거린다
내 피톨의 아득한 조상들.
살을 버리고,
누구나 풀씨 같은 알갱이들로 점점이 흩어지지만
어느 하루
지상의 한 켠에 쓸쓸히 당도하여
바람에 설레며
다시 자잘한 새떼로 날아오르는
저 작고 가벼운 알,
모든 끝은 다시 알이다

3월

수암사 오르는 길은
갈참나무, 병꽃나무, 오리나무가
모두 입 다물고 묵상 중이었다
가장 먼저
산수유 노랗게 허공에 떠 있었다
쉬임 없이 소곤소곤 종알대고 있었으나
골짜기의 물들은 한 마디도 알아듣지 못하고
종종걸음으로 하산하고 있었다
하고 싶은 말이 많은 듯
좁은 산길 울퉁불퉁 박혀 있는 돌들이
툭툭 발목을 잡았다
줄레줄레 따라오던 잡념들은
그만 슬그머니 나를 놓아버리고,
수암사 가까이 다가갈수록
깊어지는 고요
바위에 걸터앉아 잠시 숨을 고르는 사이
비로소 맑게 빛나는
바람소리, 새소리
고요 속에서 뭉클 내가 만져지는 순간
꿩 한 마리 푸드득 날아올랐다

집의 생애

폐가 부근
아무렇게나 피어있는 민들레, 제비꽃
그 사이로 소문 하나 물고
조르르 달려가는 쥐 한 마리
반쯤 기운 집은 다시 북적이고 있었다
부서지고, 무너지고, 떨어져 내리고
그렇게 사람에게서 놓여난 집
마당가와 뒤란에서 오랫동안 웅크리고 있던 들풀들이
활활 솟구쳐 오르고,
덩달아, 깨진 구들장 사이로 비죽이 얼굴을 내민 강아지
풀도
멋적은 듯 나를 보고 싱긋 웃는다
폐허를 서서히 삼키는
들풀의
푸른 식욕

오늘은 너희에게 배운다

누구나 아픔 하나씩은 가지고 있는 법이라고
창 밖 가지 꺾인 나무들이
몸을 흔들며 말한다
땅을 기어가는 것이나
하늘을 나는 것이나
언젠가 먼지로 분분히 흩어질 것들
잠시 살아 붐비는 동안
어차피 안고 가야 할 짐
즐거이 끌어안아야 한다고
가느다란 몸으로 이슬 한 짐 지고 있는 풀잎들이
아무렇지도 않다는 듯
생글생글 웃으며 말한다

수성 못 풍경

앞산 뒷산
간밤 서설에 덮여
침엽수들의 가지가 치렁치렁
한껏 멋을 부렸다
수성못의 오리들은 모처럼
바삐 발을 놀리며 온몸으로
찬 물결을 밀고 나간다
결코 유유하지 않은 수면 아래의 고투가
이제야 보인다
오리 갈퀴는
쉴새없이 채찍을 맞으며 노를 젓는
노예들의 팔 같다
전투적 생애 위에 세워지는
한 채의 작은 평화
미끄러지듯 떠다니지만 물 속 깊이
뿌리 내린 삶의 시린 발부리가 보인다
잠시도 쉬지 않고 물의 가시덤불을 쳐내는
억센 발목 가까이
난세처럼 흐린 물 속에서
붉은 동백의 불길이 일렁인다

겨울산을 오르며

견디다 견디다 더 이상 어찌할 수 없을 때
제 몸의 일부를 미련 없이 던져버리는
눈 덮인 소나무들
지난밤 온몸을 짓누르던 고뇌의 무게에
극한의 한 순간 갈라터진
소나무의 붉은 속살
흰 붕대마저 벗어 던지고,
까짓거!
소나무의 어기찬 음성을 칼바람 사이로 들으며
다시 산을 오른다
그칠 줄 모르고 퍼붓는
눈보라 떼 앞을 막지만
내 발은 어느덧 정상 가까이 서 있고,
눈앞은 날선 벼랑
바람은 채찍 휘두르며 달려오고,
수천의 백마 떼 흰 갈기 날리며 허공을 날뛴다
그러나 한 걸음도 비켜설 수 없는 곳
이미 벼랑을 삼킨 마음은 방패연처럼 솟구쳐 올라
터질 듯 터질 듯 부풀어오르고.

불타는 혀

뿌리로부터 끌어올리던
허다한 낱말들
하나 둘 단식에 든 지 열흘
허욕의 이목구비 다 틀어막고
허리 꼿꼿이 서서
먼 눈빛
마음의 무게를 줄이며
가볍게, 가볍게
뜨는 몸
몸이 흔들릴 때마다
하늘하늘 내려앉는
금빛 나비떼
바싹바싹 몸은 여위고
가뭄 속 황토밭처럼
점점 붉게 타는 혀
스스로 제 혓바닥을 다 태워
말을 버리니
마침내 알몸으로 훌훌 떠오르는
가을 나무

우박

땅을 떠난 새들이 까마득히 하늘로 날아올랐다
길이 보이지 않았다
바람도 불지 않았다
구름에 얹혀 하릴없이 떠돌던 어느 날
새들은 은박지처럼 구겨져
다시 땅으로 뛰어내렸다
벌거벗은 알몸이었지만
새들은 땅바닥을 콩콩 뛰어다니며
기쁨으로 반짝였다
하늘의 입가에도 풀잎 같은 웃음이 흐르고 있었다

구룡령, 죽음을 발설하다

위로 오를수록
돌아보면 텅 빈 골짜기
까마득한 저 아래
커다란 아가리였다
남김없이 다 삼켜버린 허공의 바다였다
도마뱀이 제 꼬리를 잘라내듯
구비구비 등뒤로 밀려나는 길들을 토막쳐
허공에 흩뿌리며
구룡령을 오른다
다시 비는 날리고,
눈앞의 넘어야 할 고개
마지막 안간힘으로 가속 페달을 밟는다
내가 버린 길만큼
가까이 다가오는
구룡령 꼭대기
죽음이 거기 가부좌 틀고 있었다
생의 절정은 죽음과 내통한다는 사실,
새롭게 깨달으며
잠시 차를 세워 아래를 내려다본다
험한 골짜기가 하얗게 타오르고 있다

옷 벗는 풍경

아들은 요즈음 글자 바꾸기에 골몰한다
〈국어〉를 〈북어〉로,
〈사회〉를 〈산화〉로,
〈국사〉를 〈궁상〉으로
바꾸어 놓는다
아무래도 반듯하게 박혀있는 글자들이
마음에 들지 않는 모양이다
무언가 바꾸어 놓아야 직성이 풀리는지
오늘도 멀쩡한 글자에 시비를 건다
혁명을 한다
책 속의 낱말들은 졸지에 날벼락을 맞아
제 얼굴을 잃어버린다
갈 곳을 모르고 기우뚱거린다
순간, 한 곳에 묶여있던 물들이 재재거리며 달아난다
누더기 같은 이름을 벗어 던지고
알몸으로, 알몸으로 국경을 넘는다
아들이 킬킬거리며 웃는다

명사(鳴砂)

물길 끊어진
가뭄 속 개울가
물고기알 같은
자잘한 모래알이 운다
여치수염처럼 가느다란 소리로 운다

물의 옷자락 잡고 살래살래 따라오던
모래알, 동자승 같은
버들강아지 같은
모래의 맑은 알몸들
어미 잃은 새끼들처럼
숨죽여 운다
그 울음마저 물소리를 닮았다
때론 이슬비 내리는 소리가 난다

목이 탄다
물을 잃은 송사리 한 마리 파닥이고,
마른 모래알이 아우성처럼 튄다
땡볕이 송사리를 칭칭 동여매고 놓지 않는다
날은 저물고,

산이 어둠 속으로 성큼성큼 걸어간다
여기저기 움푹 파인 발자국
발자국 안에 어른어른 고이는
모래알의 눈물
물의 긴 뿌리가 거기 있었다

이사

조용히 잠들어 있는 수면,
물결은 보이지 않는다
잔잔한 설레임도 다 삼켜버린
나른한 오후의
커다란 입
주위를 두리번거리는데
몇몇 낚시꾼들의 등뒤에서
키 큰 나무가 불쑥 솟아오른다
솰솰 시냇물 소리가 나는
나무의 몸을 가만히 들여다보니,
한때 저수지에서 퍼득이던 물결들이
거기 다 모여 있었다
몸 무거운 저수지의 품을 떠나
새롭게 거주지를 옮긴
물의 푸른 숨결들
미루나무 가지에 매달려
잠시도 쉬지 않고 종알거리고 있었다
줄기, 줄기마다 生의 빛나는 음절들이 반짝이고 있었다

꽃으로 터지고 싶다

꽃들은 울먹울먹 항변하고 있다
속 깊은 울화를 터뜨리고 있다

그렇게 나도 가끔 빨주노초파남보
폭발하고 싶다

운동장으로 달려간 아이들이
와와, 환호성으로 꽃피는 저물녘

자연법

구불구불 휘도는 계곡을
반듯하게 잘라내어
양쪽에 시멘트 축대를 쌓았으니
그게 바로 호랑이떼 키운 거라
이리 부딪히고
저리 부딪히는 사이
물의 완력이 꺾여
속도가 줄어드는 법인데
사방 걸리는 게 없으니
단숨에 몰려 내려온 거라
가속이 붙은 물의 육탄 공격에
당할 놈이 누가 있겠나
한 순간의 폭우에
축대가 날아가고
인근의 가옥이 쓸려 내려가고
사람이 죽고
다들 제 무덤 판 거지
생긴 대로 내버려두지 못하고
화난 물길을 다독일
자갈과 바위를 시멘트로 묶어 놓았으니,
아래로 내려갈수록
물은 어미 잃은 짐승처럼 더욱 미쳐 날뛴 거라

주변인

변두리, 변두리에 모여 있다
골목 구석, 구석에 밀려나 있다
흙투성이가 되어
버려진 눈덩이
그늘진 구석에서 쉽게 풀려나지도 못하고,
오며가며 잠깐씩 들르는
햇살들의 마지못한 문안 때마다
몸을 들썩여 본다
설레임의 흰 깃발을 휘날리며
하늘을 날던 한때
누군가의 손끝에 내려앉아
따스한 입김에 눈물 글썽이던 눈부신 기억도 한때
이제 몸은 조금씩 여위어 가고,
마지막 눈의 후예
구한말 왕조처럼 푸석푸석 부서지며
얼마 남지 않은 그늘의 시간을 견디고 있지만
3월 어느 날 흔적 없이 눈덩이 사라지고,
그 자리에서 민들레 한 송이 촛불처럼 솟아날지 몰라
정말 그럴지 몰라

亂世를 지나다

간밤의
폭우

부러진 가지
버티고 버티다가
뿌리마저 뽑힌 나무

팔 하나 주면 안 잡아먹지
다리 하나 주면 안 잡아먹지

팔 한쪽 떼어주고
숱 많은 머리채도 내어주고
부러지고 깨어지며

땅바닥에 다 드러난 알몸의 뿌리
젊은 가장의 거친 손등으로
꿈틀꿈틀 기어가는
분노의 검은 핏줄

제4부

사암

맹렬한 기세로 타클라마칸 사막을 삼키는 바람을 보라
다 끝난, 더 이상 부스러질 수 없는 모래알들이
저들의 양식이다
마지막 시간의 쓸쓸한 눈빛들이 뒹구는 발 밑
바람은 단호하다
모래알에 스며있는 누군가의 탄식이나 마지막 가느다란
숨결까지도
다 삼켜버린다
최후의 순간들만 유골처럼 버려져 있는 사막,
바람은 모래알들을 씨앗인 양 품에 쓸어안는다
작고 단단한, 아주 잘 여문 종자들
어느 한적한 언덕에 차곡차곡 쌓여
뜨거운 태양으로 달구어진 바위가 된다
다시 처음의 둥근 알로 돌아간다

풀잎 속 독경 소리

이른 아침
말 못하는 풀잎들의 속엣말을
찌르르 찌르르 풀어내는
풀벌레를 보셨는지요
풀섶 한 켠에 연분홍 나팔꽃은
귀를 활짝 열어 엿듣고 있구요
가끔 키 큰 미루나무도 머리 숙여 귀를 기울이지요
소리에 끌려 아침 햇살들도 한 발 한 발 다가오고 있구요
말 못하는 저 무수한 생령들을 대신하여
몸이 보이지 않는 풀섶 애기스님들은
찌르르 찌르르
목이 쉬도록 초록의 경전을 읽지요
세상 한쪽이 조금씩 밝아지는 이유를
귀밝은 사람들은 이제야 다 알겠지요

태풍

독수리, 독수리떼다 너무 무거워 날지 못하는 고만고만한
삶의 덩어리들 머리채 휘어잡아 날려버린다 뒤집어버린다
지상에 게딱지처럼 달라붙어 전후좌우 가지런히 정돈된 질
서가 마뜩찮은지 어지러이 흐트려 놓는다 난동이다 야생의
거친 짐승이다 한 번도 젖어본 적 없는 유리창의 차가운 가
슴을 부수고, 자리 한 번 옮길 줄 모르는 소나무의 외고집을
뿌리째 뽑아 던진다 항아리의 숨통을 막고 있는, 무거운 모
자 뚜껑이 날아가고, 허명으로 번쩍이던 거리의 간판도 한순
간 떨어져 부서진다 수천 리 질주하던 바람이 자진하여 쓰러
진 지상의 한 켠, 하늘에 새로 돋은 별들이 파란 눈을 반짝이
며 폐허의 한 귀퉁이를 조용히 응시하고 있다

허공에도 길이 있다

이른 새벽, 아직 몸 열지 않은 산
여기까지 왔다
누군가
나무와 나무 사이 길을 내고 있었다
신대처럼 바르르 떠는 허공,
몸통 굵은 거미가 한 잎씩 베어먹고 있었다

허공의 살에 깊이 박히는
보일 듯 말 듯 가느다란 길
그리움의 고압 전류가 흐르는,
그 길을 겁 없이 건너는 자 누구인가

오래 찾던 길 하나 허공에 뜨고,
아무도 걸어간 적 없는 그 위에
지친 발 딛는 순간
출렁, 새알 같은 이슬방울 툭툭 터지며
다시 팽팽하게 조여지는
하산 길

曲

구부러진 길을 따라가다 보면
내 마음도 함께 구부러진다
미시령이나 대관령을 넘을 때
휘어진 바람의 푸른 등허리가 보인다
강원도 산길은 실버들이다
헐렁한 두루마기다
여기서는 사람과 길이 함께 출렁이고
함께 흘러간다
오래 전 리듬이 발바닥을 타고
쩌릿쩌릿 온몸으로 퍼져나간다
내 몸이 고무신처럼 쉽게 구부러지고,
모든 구부러짐은 다 노래가 된다
저 멀리
허리 가느다란 해안선이 낭창낭창 걸어오고 있다

따뜻한 나무

벚꽃나무 속
수만 와트의 빛을 만드는
발전소

겨우 내내 비축한
빛의 양식
튀밥처럼 튀겨내어
식은 가슴마다 뿌려주는
하늘거리는 봄의 손길

성자처럼
밥 퍼주는 공양주 보살처럼

영산홍

붉은 짐승의 무리들
벼랑 끝에서 한참 망설이다가
붉게, 붉게 폭발하여
허공 한 잎 덥석 베어 물고
크게 한 번 울부짖고 사라지더니

길게 이어지는
서녘 하늘의 붉은 상처

둥, 둥, 둥 머언 북소리
깊은 산 운다

산불

자꾸 내 옷자락 잡지 말아요
난 이제 가요
당신 다 알잖아요
내가 얼마나 오래 날개 없이 버둥거렸는가를.
다 버리고
다 태우고 가요
훨훨 날아가요
내 달려가는 자리
인화지처럼 온통 검은 길이겠지요
하지만 어쩌겠어요
그것이 내 살아온 生의 아픈 자국인데요
아무 미련 없어요
그러니 자꾸 내 발 잡지 말아요
이건 내가 움켜쥐고 있던 것
남김없이 포기하고 얻은 가벼운 날개예요
해방의 깃발이에요
그냥 바람처럼 내 등이나 밀어줘요
더 이상 땅에 묶여 있고 싶지 않아요
나무 속에, 풀잎 속에 갇혀 있고 싶지 않아요

相生

하릴없이 공원 의자에 앉아 있던 노인의 시선이
아장거리며 걷는 아이에게 흘러간다
가볍게 이슬방울에 톡 부딪는 햇살,
노인의 눈이 반짝 빛을 낸다
폐허의 적막 슬쩍 밀어내고
슬며시 입가에 번지는 웃음.
찰랑찰랑 뛰노는 물을 가득 안은 논두렁처럼
아이 하나 머금은 노인의
짧은 행복

正祖

정조가 진흙 속에서 걸어나온다
부신 햇빛, 그 앞에서
슬프게 웃는다
부스럼 같은 진흙덩이들을 떼어낸다
조선 소나무 겹겹의 껍질들을 벗는다
나무 둥치 아래 노랗게 시든 풀잎들
부황 걸린 아이들처럼 오종종 모여 있다
정조가 왕궁을 상여처럼 떠메고
수원성 간다
서울을 벗고, 조선을 벗고
홍재전서 책갈피가
빠르게 넘어간다. 그 사이로
꽁지 붉은 새도 후르르 날아간다

누가 하늘에 고목 같은 손 길게 뻗어
새 한 마리 툭 따낸다
부르르 떠는 하늘,
허공에 퀭한 흉터
오래 남는다

---

* 홍재전서(弘齋全書): 조선시대 22대 왕 정조(正祖)의 시문집. 시문(詩
文)·윤음(綸音) 교지(教旨) 등을 모아 엮었으며, 한국 유일의 제왕문집
(帝王文集)이다. 1799년(정조 23) 규장각에서 편찬, 1814년(순조 14) 간
행되었다.

7월

은행나무가 세상의 빛을 다 모아
초록의 알 속에 부지런히 쟁여넣고 있네
이파리 사이로 슬몃슬몃 보이는
애기 부처의 동그란 이마 같은
말, 말씀들
무심히 지나치면 잘 보이지도 않는
한결같이 동글동글
유성음으로 흐르는
푸른 음성들
그 사이로 푸득푸득 파랑새 날고,
긴 개울이 물비늘 반짝이며 흐르는
나무 아래, 물가를 떠난 숨가쁜 돌멩이
말씀에 오래 눈 맞추어
온몸이 파랗게 젖네
그렇게 길 위의 돌멩이 떠듬떠듬 꽃피기 시작하네

비

기다란 유리 지팡이로
땅을 두드리며 걸어오는 사람들

밤새도록
밤새도록

줄지어 걸어오는 흰옷의 선지자들

비 그친 아침
작은 웅덩이에 고인 하늘
한 대접 정화수 같은,
그 안에서 잔잔히 웃고 계신 하느님

집의 뿌리

회갑을 넘긴 건물이
제 명을 다하고 물러간 자리
솜털 송송 나있는 아침 햇살들이
기웃기웃 하더니
밑둥 잘린 나무 그루터기 근처에서
치어 같은 자잘한 잎새들이 생글생글
돋아나고, 추억의 완강한 힘으로 땅 속 깊이
다시 이어져 흐르는
푸른 맥박
가슴 두근거리며 쿵쾅쿵쾅
보란 듯이 솟아오르는
집의 새싹
그 신생의 밑둥치를 가만히 들여다보면
뜨겁게 엉기어 있는 시간의 탯줄이
투닥투닥 풀리어
지상의 집 한 채 솟아오르고,
쉴새없이 깜박거리며 뛰노는 우주
생멸생멸 한몸으로 출렁이는
즐거운 잔치

부처 바위

도봉산 망월사에서 내려다보면
산 중턱에 우뚝 선 바위가 보이지요
그건 영락없이 돌아앉은 부처의 모습이지요
왜 하필 등을 돌리고 서 있는 건지
알 길이 없네요
혹자는 절이 마음에 들지 않아 그렇다 하고
또 어떤 이는 산아래 일이 더 안타까워서 산을 등졌다 하고
하여튼 무슨 까닭이 있긴 있는 모양인데요
그래서 산을 내려갈 때
바위가 있는 쪽으로 길을 잡았지요
그런데 참 이상하네요
가까이 다가갈수록 등 돌린 부처의 모습은 사라지고,
큰 바윗덩이만 우뚝 서 있는 거예요
아, 헛것이었어요
그저 큰 돌덩이에 지나지 않는데
말을 지어 이러니 저러니 했던 것이지요
오늘도 또 그렇게 하루가 저무네요

보름달

하늘의 숨구멍
뻥
뚫려
오래 참아왔던 마음들이
한꺼번에 철철철
빛으로 쏟아져 내린다

산아래 어둡게 웅크리고 있던 저수지가
덥석 끌어안은
둥근 알

저수지는 크게 한 번 꿈틀거리더니
길게 숨을 몰아쉰다
뜨거운 숨결 잔물결로 퍼져나가고,
캄캄하던 몸이 환하게 밝아온다

그곳

지쳐 더 이상 갈 곳 없을 때
내 몸을 잡아끄는
그 곳, 흙과 공기와 햇볕의 자력
산소 앞 잔디밭에 벌렁 누워 지그시 눈감으면
낯익은 햇살들이 우르르 몰려와
털실 같은 손끝으로 내 얼굴을 어루만지고
뜨겁게 솟구쳐 올라오는 벅찬 땅의 기운
들썩이며 내 몸을 휘감아 오르네
아지랑이에 실려 둥실둥실 떠오르다보면
몸 곳곳이 근질거리고,
옆의 아그배나무 툭툭, 제 살을 찢어 새싹을 밀어 올리네
지쳐 더 이상 갈 곳 없을 때
무덤가 빈 소주병으로 아무렇게나 뒹굴고 싶을 때
그 곳, 개울물 소리
아직도 희미하게 남아 내 몸 속을 흐르는
환한 물소리
가만히 손을 담그면
물의 맑은 정신이 손끝을 타고 찌르르 흘러오네
화들짝 놀라 손을 떼면
와락 달려들어 눈앞에 우뚝 서는 청룡산

살아 생전 엄한 얼굴로
나를 벌떡 일으켜 세우네
더 이상 갈 곳 없던 한때가 저만치 가고 있네

신두리 모래땅

가장 가까이서 하늘을 읽어낸
눈 맑은 새는 안다
모두 버리고 떠난
태안군 신두리 모래땅
그곳이 신생의 숨결 붐비는 성소라는 것을
흰물떼새는 안다
햇살이 따뜻하게 데워놓은
모래알
흰물떼새는 깃털보다 보드라운 그 위에 알을 낳는다
알들의 모태가 된
해안가 신두리 모래밭
더 이상 망가질 것이 없을 때
덜컥, 희망의 환한 이맛전 보이듯
다 부스러져, 갈 데까지 간 모래알
제 몸에 스민 햇살의 체온 골고루 나누어주며
모래알이 생의 바닥에서 꽃피운
버들강아지 같은 새끼들
솜털 자욱한 미래가
모래알처럼 꼼지락거리고,
내 몸 어딘가도 자꾸만 가려워진다

제5부

혼자 가는 길

무리에서 이탈한 기러기가
홀로 날아간다
오래 흐린 하늘을 바라본다
나도 모르게 마음 한 자락 젖는 사이
아니다
아니다
탕, 탕, 탕 허공을 치며
번개 난다
날선 빛의 화살촉
폐부 깊이 날아와 박힌다
저문 산의 어깨가 푸들푸들 살아난다

물의 유적

나무 속을 흘러 다니던 물의 흰 꼬리
나무는 기억하고 있다
휘파람소리를 내며 유랑하던
물들의 잰 발놀림.
새들은 그 율동을,
푸른 휘파람소리를 다 듣고 있었다
무성한 음표를 매달고 있는 나뭇가지 악보에
둥지 하나 튼 것도
더 가까이 노래를 듣기 위해서였다
그때부터 새들은 나무의 아름다운 무늬가 되었다

거리에 사람이 꽃피다

공휴일 이른 아침, 텅 빈 거리
사람이 없으니
비로소 사람이 보이네
사람들로 넘치던
골목, 골목들 헐렁하네
사람에 가려 보이지 않던 풍경들도
하나둘 얼굴 내미네
제비꽃이 제일 먼저 싱긋 웃으며
돌 틈을 비집고 나오네
어쩌다 눈에 띄는 한두 사람도
설렁거리는 바람이네
바쁜 걸음, 걸음에
연신 두들겨 맞던 길바닥도
모처럼 편안히 길게 누웠네
뻥 뚫린 그 위를 휘적휘적 걸어보네
비로소 사람이 사람으로 보이는 거리
풀꽃이 풀꽃으로 보이는 거리

덩달아

이 가을, 다시 몸무게가 줄었다
속을 다 털어낸
낙엽
가벼운 착지, 홀홀 날아다니는
햇살 끝에서
반짝이는 마음
여기서는 이승도 한결 가볍다
꼬이고 맺힌 것들이 다 풀리어
저 산 아래
긴 강물로 흘러 모두 저 갈 데로 가니
이 가을, 다시 몸무게가 줄었다
앞뒤 문 모두 열어놓고
몸 가벼운 가을을 설렁설렁 흐르게 하는
단촐한 기쁨
잘 마른 풀잎이 날렵하게 타올라
영혼의 빛깔 파랗게 일렁이는
이 가을, 다시 몸무게가 줄었다

숨죽이고 오래 바라보면

노란 나비가 꿈결처럼 앉아 있는
은행나무 가지
그 아래 총총히 저무는 발걸음

누군가 길게 마지막 숨을 내려놓는 사이
나비 한 마리 살랑살랑 내려앉는다

선명하게 찍히는 고요의 발자국

가을의 허리가 가늘게 휘어지고,
마음의 어두운 발치가
먼데서 달려온 빗방울에 조금씩 젖는다

감자

한겨울 종이 상자 안의
감자들
땅 속에서 줄줄이 끌려나와
무더기, 무더기로 쌓여
굳게 입을 다물고 있는 저들
잎과 꽃을 피워 올리며
열심히 몸을 만들던 한철
고운 빛과 바람을 양식 삼아
탱탱하게 부풀던 마음,
단단히 여물어 둥글둥글 구르며 껄껄거리더니
지금은 외진 헛간에 죄 없이 갇혀
발 묶여 있다
다만 하나
오목오목 몸 둘레에 감추고 있던
작고 앙증맞은 귀때기
어둠 속에서 종긋종긋 움직여
허공 벌판, 불령선인(不逞鮮人)처럼 우우거리며 떠도는
소리들을
한 올 한 올 집어내어
제 가슴에 옮겨 심는다

그 소리들 몸 속 가득 차오르니
시한 폭탄처럼 웅크리고 있던 감자들이
여기저기에서 잇달아
폭발한다
흰 줄기, 줄기가 비명처럼 막무가내로 튀어나온다

쑥고개 시편 1

쑥고개에서 송탄으로 이름이 바뀌었지만
지금은 그 지명조차 사라졌지만
나는 아직도 그 거리
그 골목을 걷고 있네
알파약국 건너편 현대서점
오십도 넘기지 못하고
뇌종양으로 서둘러 세상을 뜬
박석수 형
20대 초반의 젊은 시인이
'술래의 노래'를 부르며 거기 살고 있었네
가까이서 혹은 먼 발치에서
외롭게 깜박이는 외등을 바라보며
내 열여덟의 나이는 마냥 설레고 있었네
비좁은 서점 한 켠
석수 형의 시는 작은 액자 안에 담겨 눈부시고
여위고 가난한 그의 육신은
날마다 이승의 술래가 되어 떠돌고 있었네
아득한 높이에서 빛나던
술래의 노래
미처 다 부르지 못한 소절들을

쑥고개의 골목, 골목에 버려두고
오랜 투병 끝
훌쩍 떠나버린
맑은 구름 한 잎
지금은 하늘 정원을 한가로이 거닐고 있네

*박석수 : 1949년 경기도 송탄에서 출생하여 1971년 대한일보 신춘문예에
시가, 1981년 월간문학 신인상에 소설이 당선되어 문단에 나왔다.
〈소설문학〉〈직장인〉〈여원〉〈문학사상〉 등의 편집부장을 역임하
였고, 주요 작품으로는 시집 〈술래의 노래〉〈방화〉〈쑥고개〉, 창작
집 〈철조망 속 휘파람〉, 장편소설 〈로보의 달〉〈차표 한 장〉 등이 있
다. 1996년 뇌종양으로 강남시립병원에서 영면하였다.

쑥고개 시편 2

주유소 뒷마당
혼령처럼 날아다니는
휘발유 냄새
기우는 벽돌담
갈라진 틈새로 쏟아져 들어오던
붉게 젖은 하늘
달리는 기차 소리에
진저리치던 신장동 산 59번지
휘발유처럼 조용히
때론 독수리처럼 사납게
검은 휘장을 찢고 날아가고 싶었던
1975년, 그 해 겨울

쑥고개 시편 3

부락산 오르는 길 초입에
은밀히 숨어 있는 지장사
독경 소리 뒤로 하고
오르면 오를수록
더욱 환하게 드러나는 상처
숲 속에 웅크리고 앉아
지근지근 어금니 사이로 내뱉으며
꺾인 소나무 가지가 흘리는 촛농 같은 눈물이
땅 속에 묻혀
호박빛 보석이 되는 사연을 곰곰이 생각한다
그 생각의 한 줄기에서
새 한 마리 푸드득 솟구쳐 날아오르고,
우물 속 같던 참나무 숲엔
발 빠른 햇살들이 당도하여
바닥에 깔려있던 짙은 우울의 거적대기를 거둬낸다

쑥고개 시편 4

경부선 철도와
지방 국도 사이
좌동주유소, 육교다방
어깨를 맞대고 갇혀 있네
쉴새없이 열차와 자동차는 오고 가지만
가파른 70년대 왕창왕창 굽이쳐 가지만
양쪽 손끝으로 치달리는
길과 길
닿을 듯 말 듯 그냥 멀어져
나 그대로 아득해지네
아버지는 있고 없고
어머니는 없고 있고
그 사이에서 희미하게 깜박이는
점 하나
주유소 뒷담에 밤이슬로 툭툭 돋아 오르네

쑥고개 시편 5
— 이성재 묘

그가 끌어안고 꽃피우는 쑥고개는
환하다
꽃봉오리의 둘레마다
봄 햇살의 맑은 웃음 흐르고,
모두 등을 돌려버린 기지촌의
구석, 구석
꽃의 향내를 파종한다
빛의 줄기, 줄기를 꺾어 심는다

어디서도 그의 얼굴 쉽게 보이지 않는다
어디서도 그의 목소리 쉽게 들리지 않는다

가장 낮게 엎드려
풀뿌리 근처를 조용히 흐르며
있는 듯 없는 듯
풍경의 뒤편에 서서
햇살 한 줌, 향기 한 줌 다 나누어주고
텅 비어 배부른 사내

그는 오늘도 가파른 산마루에 올라

남이 보지 못하는 풍경
남이 듣지 못하는 소리
가슴에 보듬고
은산리 들녘의 맑은 바람을 경영하며 산다

하면서

박물관 한 구석의 녹슨 동전 같은
시나 쓰면서, 돈이 되지 않는
글 쪼가리나 매만지면서,
아침 저녁 계동 골목 오르내리며
아이들이 알아듣지 못하는 소리나 하면서,
글이나 가르치면서, 세상은 꿈쩍도 않는데
공연히 작은 일에 분노하면서,
그렇게 어느덧 마흔을 넘기면서,
아내와 자식들 앞에 늘 미안하면서, 세상은 항상
저만치 앞질러 가는데
뒷머리만 긁적이면서, 어쩌다 술기운이 오르면
사지육신 온몸을 다 열어젖혀
솟구치는 울화를 터뜨리면서, 불꽃나무처럼
활활 타오르면서,
모처럼 사람과 시에 취하면서,
그러다 다시 쪼그라들면서, 구겨지면서,
휘청휘청 가파른 계동 언덕을 오르면서,
자글자글 속을 끓이면서, 때때로 인왕과 북악을 바라보면서,
숨을 돌리면서, 막힌 혈을 뚫으면서,
출렁, 출렁이며

사방에서 날아오는 빗줄기를 부러뜨려
도르르 도르르 미끄럼 태우고,
매무새를 가다듬는 모란꽃
그 향기로운 치마폭을 바라보면서,
잠시, 잠시 아득해지면서,

눈

아득히 먼 곳에서
설레며 달려와 살며시 끌어안네요
묵묵부답의 차가운 돌, 삭정이
등돌린 사이
한 마디도 전하지 못하고,
주르르 눈물로 짧은 생애를 마감하는
그대
그러나 깨끗한 죽음의 행렬 뒤에
자작나무의 컴컴한 등뒤도 어른어른 밝아오는 것이니,
기다려야지요
어느새 날은 어두워지고,
인적 끊긴 거리
오래 가시 돋쳐 있던
차가운 돌, 삭정이, 저 가파른 언덕까지
순백의 보드라운 깃털에 싸여
순한 짐승이 되네요
새근새근 어린 목숨이 되네요

선택

끔찍하다, 삶은 때때로
그러나 물리칠 수 없는, 되돌아갈 수 없는
막다른 외길
망설임을 접고
마침내 지상으로 뛰어내리는 빗방울
온몸이 산산이 깨어져
고랑마다 트이는 물길

칠장사

　노도 없이 칠장사는 어디로 가는가. 옥잠화 환한 대낮 대
웅전은 시간의 물살에 몸을 맡긴 채 조용히 늙어가고 있다.
색 바랜 단청, 기억조차 희미한 천 년의 시간들이 곱게 삭아
내리는 저 아름다운 적멸. 대웅전 들보에서 떨어져 내린 꽃
잎들이 뜰 앞 여기저기 흩어져 다시 피어나고, 이따금 풍경
소리가 꽃피는 사연을 넌지시 알려주지만 사람들은 총총히
절을 떠난다. 대웅전 지붕도 저 아래 우뚝 솟은 당간지주(幢
竿支柱)를 돛대 삼아 세상으로 나가고 싶은지 우지끈 소리를
내고, 대웅전에서 옛 사랑처럼 속절없이 흘러내린 단청, 마
당 곳곳에서 색색의 꽃잎으로 다시 피어나는 지금 노도 없이
칠장사는 어디로 가는가.

담쟁이

그대가 꽃 둘레를 서성이며
뜬구름에 눈썹 빠뜨리고 있을 때
안락의 등 뒤 날카로운 수직의 벼랑에
조각, 조각 달라붙어
살아 뛰는 파도
그 아래 엎드려 숨죽이고 있는 벼랑은
이제 부러진 창이다
날마다 벼랑의 허리를 꺾으며
담쟁이는 한 땀 한 땀
제 목숨의 푸른 탯줄을 이어가고,
빈틈없이 묶인 벼랑의 등판 위에는
크고 작은 수천의 깃발
잘 닦인 청동의 슬픔으로 반짝인다

와불

도안사 오르는 길 오른편
골짜기에 모로 누워 있는 나무가 있지요
참나무라 이름 지어진 와불이 있지요
지난 여름 큰물에 다 쓸려갔지만
아직 무슨 미련이 남아 있는지
이승의 한켠 단단히 움켜쥐고 있지요
머리 끝에서는 여전히 생각의 잎사귀 무성하게 피어나구요
절대로 손 놓지 않겠다는
저 집요한 뿌리의 집착
마음의 굵은 힘줄들이 꿈틀거리네요
저렇게 쓰러져 누워서라도
꼭 해야하는 일
경전 자구를 풀어 적듯
계곡의 물소리
한 잎 한 잎 초록의 이파리로 옮기는 일이지요
쪼롱쪼롱 숲의 은유 풀어내는 새소리
환약 짓듯
아침 이슬방울로 빚어내는 일이지요

관찰과 변용의 조화

이숭원

(문학평론가, 서울여대 교수)

시는 관찰이다. 홍일표는 대상을 점착력 있게 관찰하고 거기에서 상상력의 매개체를 찾아내는 시인이다. 그런 점에서 그의 작업은 시정신의 중심부에 근접하고 있다.

관찰만 충실히 한다고 해서 모든 시가 성공하는 것은 아니다. 즉물적인 관찰에만 매달리는 시인은 대상 재현의 매력에 빠져들어 실패하기 쉽다. 그것은 마치 사물이 그대로 복사되어 나오는 복사기를 보고 신기해하거나 풍경의 아름다움을 그대로 살려내는 사진 기술에 경탄하는 일처럼 덧없는 일이다.

관찰이 시적 성공을 거두기 위해서는 인내와 절제의 정신이 필요하다. 하나의 대상이건 여러 가지 대상이건 그 대상의 정지태와 운동태를 함께 관찰하고 체험하고 흡수하려는 정신의 역동적인 움직임이 투입되어야 한다. 동시에 관찰의 결과를 자신의 내부에서 재문맥화할 수 있는 내적 용량도 풍성해야 한다. 홍일표는 외적 관찰의 충실함과 내적 변용의 윤택함이 조화를 이룰 수 있도록 심력을 집중하는 훌륭한 미덕을 지닌 시인이다.

그의 시 「갈치」는 그러한 그의 특성을 잘 보여준다.

예사 검법이 아니다
바다 속
물 흐르듯 휘두르는
저 날렵한 몸놀림
은빛을 번쩍이며
날아다니는
눈부신 보검

막장 같은 심해
오래, 오래 숨 막혀
몸을 비틀며 파도치다가
아예 은백의 한 자루 칼이 되어
쉭쉭 눈앞을 열어가는
그대

— 「갈치」 전문

이 시가 제재로 삼은 갈치는 우리의 저녁 식탁에 토막 나고 비틀어진 모습으로 가끔 오르는 그 갈치가 아니라 심심대해를 휘젓고 다니는 살아있는 갈치다. 갈치라는 말은 '칼'의 고어인 '갈'에 생선을 가리키는 접미사 '치'가 붙어 형성된 말이다. 한자로는 갈치를 도어(刀魚)라고 쓰는데 이것이 갈치를 그대로 한자로 표기한 것인지 아니면 한자어인 도어를 우리말로 갈치라고 부른 것인지 정확한 사실은 알 수 없다. 어떻든 예로부터 갈치를 보고 칼처럼 생겼다고 생각한 것은 틀림이 없다. 홍일표 시인도 갈치에서 칼의 형상을 연상해 냈다.

홍일표 시인이 갈치에서 연상해 낸 칼은 가만히 머물러 있는 칼이 아니라 날렵하게 움직이는 칼이다. 그것은 "은빛을 번쩍이며 / 날아다니는 / 눈부신 보검"으로 표현된다. 나도 바다 속의 세계를 다룬 영상작품에서 갈치가 헤엄치는 장면을 본 적이 있는데 하얀 몸을 좌우로 움직이며 날쌔게 전진하는 대형 갈치의 모습은 공포스런 전율을 안겨 주기도 했다. 그런데 홍일표 시인은 갈치의 눈부신 움직임만 본 것이 아니라 갈치를 둘러싸고 있는 질식할 것 같은 심해의 어둠까지 포착한 것이다.

여기서 '은백의 눈부신 보검'과 '먹장 같은 심해의 숨막힘'이 이항대립의 의미구조로 떠오른다. 그리고 그 숨막히는 공간 속에 몸부림치며 자신의 눈앞을 열어가는 갈치는 지상의 막막한 삶 속에서 그렇게 은백의 칼날로 세파를 헤치며 돌진하고 싶은 인간 욕망의 대리적 표상으로 자리잡는다. 이 순간 관찰의 대상인 갈치가 내적 욕망의 상징물로 변용되는

것이다. 바로 이것이 외적 관찰의 충실함과 내적 변용의 윤
택함이 조화를 이루는 국면이다. 이것은 홍일표 시작법의 중
요 근간을 이룬다.

　이러한 특성은 「새벽의 독립국」이라는 시를 보아도 확연
하게 파악할 수 있다.

　　　뒤척이다 보면 어느덧 새벽 마당에 당도한다

　　　마당가에는 나를 묶고 있던 무수한 길들
　　　툭툭 끊어져
　　　여기저기 널려 있다

　　　흙탕물로 북적이는 잡념들
　　　스스로 제 무게에 지쳐 가라앉고,
　　　이슬방울처럼 비로소 나는 명료해진다

　　　또록또록 빛나는
　　　신생 독립국

　　　이윽고, 보이지 않던 그대
　　　어깨 너머 쓸쓸함 한 올까지 다 보인다
　　　　　　　　　　　　　　　—「새벽의 독립국」 전문

　밤잠을 이루지 못하고 뒤척인 시인에게 새벽의 청신한 마
당이 보인다. 새벽의 마당은 고요하고 맑아서 지금까지 시인

을 휘감고 있었던 일상의 멍에들까지 선연하게 보여주는 듯
하다. 세속의 잡념들이 앙금처럼 가라앉자 새벽의 이슬방울
처럼 시인의 내면은 명료해진다. 그러한 상태를 시인은 "또
록또록 빛나는 / 신생 독립국"이라고 표현하였다. 이렇게 시
인의 내면이 투명해지자 비로소 보이지 않던 그대도 보이고
그대의 "어깨 너머 쓸쓸함 한 올까지" 다 보인다고 말한다.
새벽의 마당에서 잡념의 엉켜있음과 잡념의 사라짐을 동시
에 관찰하고, 맑고 투명한 내면의 응시를 통해 그대의 쓸쓸
함까지 포용하는 시인의 내적 용량은 풍요롭고 윤택하다.
  그의 시작법의 또 하나의 큰 줄기를 이루는 것은 시어에
대한 관심이다. 시어에 대해 그가 어떠한 생각을 갖고 있는
가는 「文法」이라는 시를 보면 잘 알 수 있다.

포충망을 빠져나가는
날렵한 잠자리떼
바람의 어깨에 살짝 몸을 실어
유유히 하늘을 날며
움직이지 않는 늙은 언어학자의 눈동자를 바라본다
계곡을 치달리던 물을 가두어
죽은 물고기를 잡아 올리는
가늘고 긴 손가락
토막 난 몸들이 몇 개의 우리 속으로 던져진다
그러나 문득 촘촘한 그물망을 빠져나가는
저 놈을 보아라
동사도 형용사도 아닌

저 기이한 낱말을 보아라
논리의 핀셋에 집히지 않고
늙은 언어학자의 돋보기 안경 너머로
줄달음치는 이단자
누가 반짝이며 흐르는 햇살의 흰 발목을
움켜잡을 것인가
누가 쉴새없이 연록의 이파리를 흔드는
바람의 잰 몸놀림을 막을 것인가

―「文法」전문

언어학에서는 일상어의 논리를 중시하고 단어의 규범적 사용을 중히 여긴다. 그러나 시어는 동사 형용사의 구분도 뛰어넘고 논리를 초월하여 줄달음치는 이단자와도 같다. 그러한 이단의 몸짓을 지니기에 약동하는 생명력을 지닐 수 있는 것이다. 늙은 언어학자의 눈동자는 규범에 갇혀 생동력을 잃었지만 포충망을 빠져나가는 날렵한 잠자리의 눈은 쉴새없이 움직인다. 촘촘한 그물눈을 빠져나가는 송사리 떼처럼, 반짝이며 흐르는 햇살이나 쉴새없이 움직이는 바람처럼, 멀대같이 서있는 미루나무 사이를 휘돌아나가는 물살처럼 시어는 규범과 경계를 허물며 부단히 운동하고 새로운 의미를 생성한다.

외적 응시와 내적 사색의 상호작용, 원심적 운동과 구심적 운동 사이의 충돌, 시어의 외연과 내포에 대한 포괄적 이해 등의 요소는 그의 상상세계를 다변화하면서 다양한 시의 스펙트럼을 분사해 낸다. 그래서 〈山寺〉에서 산 위에 놓인

절 한 채를 묘사하는 것이 아니라 내 마음의 빈 가지에 걸린 절 한 채를 상상해 낸다. 그리고 다시 시선을 처마 끝의 풍경에 모아 '지느러미로 허공을 치며 아우성치는' 자신의 분신을 중첩시킨다. 이러한 존재의 모순 둘레에 빙그레 웃는 노승, 솔 향기를 쪼아가는 참새떼, 석불 눈가에 묻어 있는 노을 한 점이 상징의 풍경으로 배치된다. 「갈치」에서 서구적 동력의 이미지를 보이던 시인의 기법은 여기서 동양적 여백의 이미지로 전환된다.

자연의 사물과 정경이 그의 내부로 들락거리면서 온갖 변용을 꾀한다. 붉은 단풍숲도 그의 속으로 들어가고 금란초, 쑥부쟁이도 "마음 틈새에 둥지를 튼다". 청설모 눈 속에 흐르던 가을하늘까지 자신의 마음 속 나뭇가지를 타고 미끄러져 내린다. 이러한 자연과 인간의 교감, 외면과 내면의 어울림은 시작의 전통에서 연조가 오랜 것이기는 한데 그럼에도 불구하고 그것이 청신한 감각을 불러일으키는 것은 그가 지닌 시어에 대한 포괄적이면서도 적확한 이해력 때문이다. 그리고 또 한편으로는 정신의 어떤 경지를 추구하는 상승의 지향을 그가 지니고 있기 때문에 그의 대상묘사에는 항상 영혼의 서기(瑞氣)가 감돈다.

앞의 「갈치」에도 상황의 한계성을 돌파하기 위해 몸부림치는 자아의 모습이 제시되었고, 「새벽의 독립국」이나 「문법」, 「산사」 등의 시에도 영혼의 정화를 암시하는 문맥이 나타났던 것처럼 그의 대부분의 시는 정도의 차이는 있지만 어떠한 정신의 지향을 항상 표현하고 있다. 그것은 「까치집」 같은 시에서 단적으로 표명된, "외고집처럼 매달려 있는, 까마득한 높이의 경전"과 같은 고고하고 의연한 정신의 경지를 갈망하는 시인의 내적 욕망의 표현이기도 하다. 그러면서도 마음 든든한 것은 그가 「바닥論」에서 "누구도 벗어날 수 없는, 만유의 모태인 바닥"을 긍정했다는 점이다. 이것은 그가 어떤 비현실적인 이상을 좇아 천상으로 비상하는 일은 없을 것이라는 예감을 갖게 해 준다. 그는 먹장 같은 현실 속에서 은백의 보검을 찾아 시적 탐색을 계속할 것이다.

혼자 가는 길

글쓴이 / 홍일표
펴낸이 / 孫貞順
펴낸곳 / 모아드림

1판1쇄 / 2001년 10월 12일
서울 서대문구 북아현3동 180-22
전화 / 365-8111~2
팩시밀리 / 365-8110
E-mail / morebook@netsgo.com
http://www.morebook.co.kr
등록번호 / 제2-2264호(1996.10.24)

ⓒ 홍일표
ISBN 89-87220-90-7

＊잘못된 책은 구입하신 서점에서 바꾸어 드립니다.
＊지은이와의 협의하에 인지를 붙이지 않습니다.

값 5,000원

이 시집은 한국문화예술진흥원의 지원금으로 발간되었습니다.